歌集

かろやかな色

橋本成子

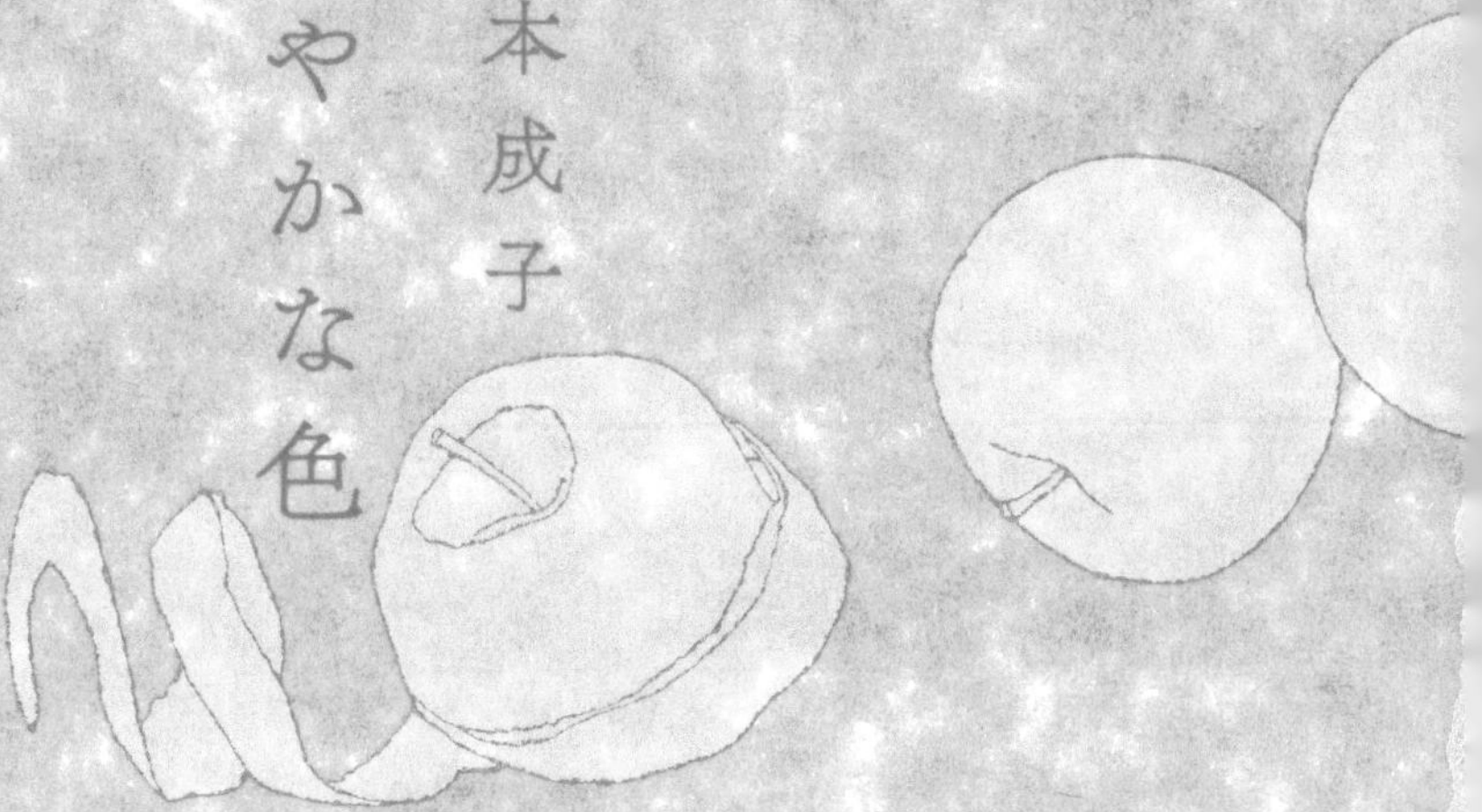

青磁社

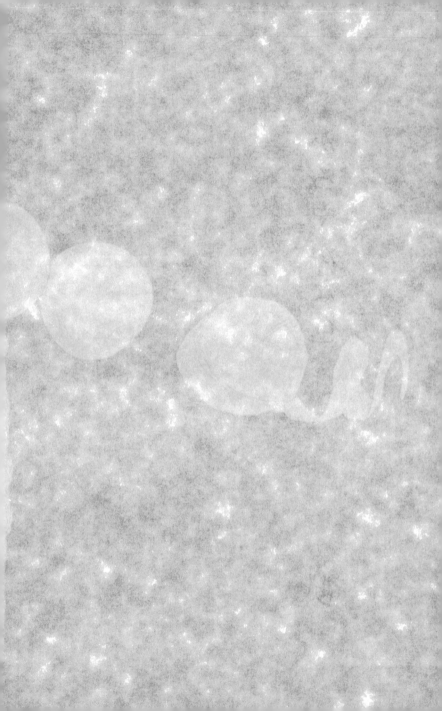

かろやかな色＊目次

Ⅰ　母のぬくみ

橋本成子歌集

かろやかな色

I　母のぬくみ

青芽萌ゆ

かりりんこ青森りんごかりりんこ雪の町からわが卓にきて

この雨が過ぎれば春の近づくと予報士言うを頼みとするも

枯れいろの紫陽花の枝に青芽萌ゆ母の退院明日となりたり

認知症検査にシャーペン見せられて筆と答える母のあっぱれ

車椅子リフトしつらえ歩けない母との暮らしが始まる四月

我にしか為し得ぬことの一つなり漏れる蛇口をぐいっと締める

やわらかく母の寝息が聞こえきて家は夜凪ふかく目を閉ず

気配

点線に降りいし雨が実線となりて昼すぎ本降りに入る

熟れ桃のような紅刷く梅雨茸がぽっこり出ずる蛇の髭の間

お隣がジャスミンと呼び愛でいるは匂蕃茉莉　言わないでおく

仏壇にしばらく置けば食べごろとアムスメロンの話なるらし

どこからでも切れますとあるビニールの生姜の袋どこからも切れず

〈恋のフーガ〉を小さく唄いて悼みおりホクロのふたつありしエミさん

雨の日を看護師さんの訪ね来て母に告げいる紫陽花のいろ

痩せ目立つ母の腹部を足を撫で触るることから診はじめるなり

セルロイドのようにひと日を咲く芙蓉萎れしのちに重さをもてり

街灯をＬＥＤにして欲しと陳情書持ち夫は出かける

どのくらい暗いかと夫は尋ねられ暗さの比喩の言葉に窮す

亡き父の書斎に入れば気配濃く片付けできずにまた戸を閉める

白髪の店主はしみじみ悔み述べ遺影の額の値引きを言いぬ

座布団をつけて長押に掲げれば父は我から少し遠のく

生命線

職退きし夫の不得手をあまた知る蝶蝶結びもその一つなり

豊かなる胸をもちたる衛生士わたしの髪はくしゃくしゃになる

消防署旧舎の取り壊されしゆえ我家に来たる消防署ネズミ

連れ立ちて行く美容室九十歳《きゅうじゅう》といえどすがしくなりゆける母

ハイウェーを跨ぐ夕虹石鎚の山より生えて瀬戸へと落つる

パチンコ店にトイレ借らむとドアを開け音と匂いに押し戻さるる

黒と赤のレンタサイクルで下りゆく風の冷たき宇治川沿いを

小流れを桜紅葉のせき止めて小さき滝の生るる琴坂

み仏の印を結べる手の平に生命線は長く伸びおり

あらたまの日差し

ときおりに通りを滑るタイヤ音町がゆっくり動く元朝

臥している母に冬庭みせたくて結露ぬぐえば滝によろこぶ

あらたまの日差しを弾く蠟梅の手触れてみればやわやわとして

五歳から賀状を交わす教え子の姓がカタカナ書きになりおり

切り口上のわが物言いを窘めてくれし父なくまた癖がでる

着ぶくれて犬に曳かれて行けるひと犬が止まればスクワットする

ピンポイント皺とりクリーム塗りながら安倍晋三も老けたと思う

「しぼみちゃん」と我ら呼びいし女教師の齢をとうに越えてしまえり

枇杷の実

今日のこと忘るる母が枇杷の実の色づき初めしをベッドより言う

根方へと水遣るわれに南天は粉のようなる花振りこぼす

あっちの世こっちの世との境目をゆく心地すと九十歳《くじゅう》の母は

やわらかき手指となりし母のため取っ手つきたる湯呑みに替える

左折する目印としてナビの言う梨の木神社を見たることなし

行止りと気づきしときは選択肢なくて覚悟のバックを始む

渓谷に葉擦れの音の高まりて湿りし風のひやりと過る

徳島を徳之島かと問わるるがたまにはありて「阿波の」と返す

歯の麻酔なかなか醒めず右側の顔を落としたようなる心地

ヘルパーさんの日傘に入りて杖を曳く人の歩めり笑みのこぼれて

菜園が趣味の叔母より茄子、ピーマン、ゴーヤーが届く毎日とどく

蝸牛にニンジン与えて赤き糞させてみたきにカタツムリおらず

踏切の脇にカンナが咲いていていて列車を待つ間はノスタルジック

駐車場に置かれしカートのグリップの暑さよ夏のてっぺんにいる

行き摺り

もうおまえ初老だねぇとわれの歳二度聞き直し母の言うなり

わが指を昨夜すり抜けし蟋蟀が朝の畳をすすすすと行く

風船蔓の熟れ実は顔に似てるのよ囁き声を背中に聞きぬ

顔の無き菊人形の袖口に白き手指が表情をもつ

生長を止める薬を与えられ菊の大輪たけ低く咲く

サーフボードのような曲面懸崖の無数の小菊が秋の陽に輝る

夜更けて路肩にセメント塗れるひと弓手のライトに鏝をすべらす

もの皆の色を失いゆく夕べ河口に冬の波が角立つ

平等に人は老いゆくスイミング仲間もひとりふたりと去りぬ

父逝きて三年経ても折節は心細さに体温下がる

冬の陽はようやく温みをもちはじめ霜の滴が尾をひき落つる

行き摺りにもらいし蠟梅三枝ほど信号待ちの間を匂いたつ

春の障子

お好み焼ソースの匂う裏通り春の障子は細く開きおり

「ざいました」店の娘《こ》の声は背中からケーキを下げてドアを出るとき

口重き友に過ぎたる妻のいて顎の黒子がよく動くなり

目覚めから肩凝りほぐしつつ聞けり肩をもたない雀らの声

ローソンがディサービスに看板を掛け替え出入りの緩やかになる

泳いでも崩れぬ眉をもつ人がタトゥーにしたと小声で言えり

授業する娘のためにエッセイを切り抜いておく栗木京子の

油揚げと一緒に刻みし薬ゆび四日を経てもまだ痛むなり

デミタスを飲むとき要らぬ薬ゆびタオル絞りになくてはならず

人間はいっぽんの管一時間後トイレに立てばアリナミン臭う

鷺すべりゆく

仮住みの畑中の家に過ごしおり青田を眺め風鳴りを聞き

小蛙が車のドアに貼りついて開けても閉めても動いてくれぬ

饅頭の付きたる瓦が無いと言い改修工事の親方悩む

おたがいの記憶の糸をほどきつつ妹と見ることしの蛍

ほうたるは呼吸《いき》を合わすか岩棚に時を同じく光りては消ゆ

亡き父が逗留をせし「清月」の旅館の小さき灯ほうたるの宿

阿讃山のかなたに頭《ず》をだす讃岐富士雨あがりの朝ちかぢかとあり

雑木林に真白き花の咲くようだ白鷺はあさの微睡のなか

茎のいろ六角形の花の色まして実のいろ濃きけさの茄子

カーポートにふっさり葡萄の実の垂れて二台の車は朝露を置く

朝光に輪郭白くひかりおり花を押しあげ直ぐ立つオクラ

除草剤撒くひと草を毟るひとペタンクするひとそれを見るひと

どれもかも膝下ストッキングが片方で支度に手間どる夏のあしたは

西に東にお囃子きこゆる町角にバイクの僧侶と幾たびも遇う

力という力を抜いて得る浮力晩夏の空を鷺すべりゆく

宙を跳びたり

印籠の激しく揺れて白足袋の男踊りが宙を跳びたり

襟足に汗光らせて若き女《ひと》しなる双手を空へ繰り出す

手拭いを広げて車窓に映す男盗人《ひと》被りをきりりと巻きぬ

腰パンの高校生も法被着りゃきびきび動く三味の音速し

「見る阿呆　踊る阿呆」が街角に渦を巻きいる阿波の真夏夜

電灯色のＬＥＤ

ハート型の葉をもつ桂を欲りたるに広さが足りぬと庭師一言

四照花で折り合いのつき枝分れ豊けき一樹を前庭に植う

台風のお暗き窓に映り込む電灯色のＬＥＤが
珪藻土マットについた足型のまあ外足と見るまに消える
バリアフリーの吊り戸の下を潜りくるスリッパの音あくびする声

太りゆく金柑色づく柿を見てベッドの母はいちにち倦まず

車椅子押す

なに友と言えばよかろう車椅子押す者どうし話の合うて

デイケアの卓に並びし読みものに尋常小學修身書あり

ゴザイマス　イキマス　ヰマス　マヰリマス　昔の子らは頭良きなり

知り合いの消えゆく母のこのごろに友のできたり男性介護士

伸ばしたら二畳くらいはあるだろう母の皺しわつまんでみるも

子沢山の乙女椿はてりてりと葉を繁らせて冬陽を集む

温いねぇ明日と十度ちがうんやて、一年最後の立ち話をす

ちょいと目を離した隙にカーナビは到着予想を書き換えており

金刀比羅宮の階の高さよ仰向けば降り来る人ののしかかりくる

一夜経て乳酸溜まりし脹脛あつつと立ちていたたと座る

「日東駒専」「産近甲龍」子の話す四文字熟語は大学名らし

テレビカメラの退きて土俵の映るとき大吊屋根の重さを思う

春の来て動き始めるユキノシタ触覚のごとき匍匐枝伸ばす

食べさせてもらって人は育ちきて食べさせてもらって終わりに向かう

莎　草

足音にアメンボの跳び蝌蚪走る朝の田の面はぴちぴちとして

四歳に「おいで」と言われ従き行きし夫はタニシを手に戻りくる

継ぐ人のなくて緑に呑まれむとする家のあり木のドア見ゆる

かたえには田畑を埋めて新しき家の建ちおり二重ガラスの

在宅とショートステイと入院を巡れる母についてゆくわれ

こんなにも手が冷たいと言いおりし父を思えり母の手とれば

母を見舞う病院の角に莎草抜かれずあるを日ごと確かむ

全粥が粗つぶしがゆブレンダーへ母の食事は形をなくす

死に慣れぬわれらと慣れたる看護師が間を置き話す母の容態

深き声

病院の花壇に小さき祠ありぎっしり護符の蔵われていて

「私のおばあちゃんなら」と医師の言う選択肢ひとつ素直に聞かむ

首を振るのみなる母が知りびとの訃報に「そうで」と深き声だす

持ち直し持ち直しする母である粗食に耐えし小さなからだ

広窓の病室なれば臥す母も看取りのわれも日焼けをしたり

柿の枝の撓れるほどの風あるに高みの雲は形を変えず

節のない指

いつかはと思うていしが晴れた朝たらちねの母は死に寄りゆきぬ

どこもかも柔らかき母苦しみのなければ眉間も平らかにして

妹が左手わたしが右の手を包みて絶えゆく母を守れり

節のない指にわたしは似ておらず爪切りやりし母の小さき手

息止みてしばらく動く心の臓折れ線グラフに低き山かく

母のぬくみ

紫の好きだった母濃むらさき藤いろ葡萄いろ箪笥に遺す

母の無き二十日は長き二十日なり重き花さげダチュラの咲いて

母逝きて年金いらぬと知らせるに証拠書類を送れと言わる

吉野川アンダーパスに満ち潮の刻の迫りて波の音たつ

線香花火のごとく咲きたる紫のらっきょうの花は海まで続く

らっきょうのか細き花を見たる眼はオーシャンブルーの青を拒めり

霜月のオーシャンブルーが廃屋を覆い尽くしてなお地にのびる

モノクロとなりゆく庭のひとところ母のぬくみのような満天星《どうだん》

Ⅱ 平成終わる

サルトリイバラ

大いなる日傘のような桜ばなパンダ保育所いま昼寝中

ちちははの法名淀みなく唱う此岸と彼岸をつなぐ春の日

看板の今日上がりたる整骨院白衣の若きが写真撮りおり

湖と空を占めたる鯉のぼり三百余尾が風音を立つ

みたり子を謙信、輝虎、景虎と呼びて小言をいうお婆さん

夕凪に目刺しのような鯉のぼり尾鰭が時折ぴらりと動く

酸葉みてカラスのパッパという娘おさなきころに教わりたると

酸葉みてオオバコなりという夫七十年間そう思いいしと

うどん屋の臨時休業の貼り紙に「徳島マラソン走ってきます」

吉野川河岸道路のコースなり先頭集団光りつつ来る

ひとすじの滝と見えしは新緑を分けて傾るる山藤のはな

亡き母の得意でありし蒸し饅頭サルトリイバラの葉に載りていし

この向きに空を見あげておりし母　柿の葉の照り枇杷の色づき

90年代

この庁舎に出向したる壮年期孤立無援の残業をせり

びっしりと机並びし課内には煙草のけむり90年代

分煙が禁煙となり今はもう外の灰皿に寄る人のまれ

二十年ぶりのカフェの内装は昔のままで店主も老けぬ

友と飲む熱き珈琲あのころが華だったねと互みに言いて

思いつきセールに買いし黒コート葬儀のみに着て二十年経つ

夜を灯して

駅前のマツバボタンの花時計12と2より鳩飛び立てり

秋陽さす芝生に置かれし彫像の〈女弁護士〉歩幅の広し

室外機がスパイスの香を吐き続くカレーショップの夜の賑わい

六十人が奏でるベートーベン歌曲弦もつ人に左利きなし

氷上に羽生結弦がステップを踏めば似合うよこのアレグロは

トランプが勝ったんだって禍事のごとき囁きプールに流る

大粒の苺ほどの実ぽいぽいと空に投げだす常盤山法師

遺灰にはインプラントがその位置に残りていしと友の語れる

畑なかに豪華客船浮かぶごと夜を灯してコメダ珈琲

助っ人の小人が真夜に来ぬものか採点疲れの娘の言えり

忠魂碑ポケ・ゴージムとなりてより高校生も子連れも寄れる

冬ごとに枝を打たれて欅木は箒の形を忘れてしまう

ひと枝を持つことさえも許されず欅がつくる悲しみの瘤

大寒の

窓枠に切り取られたる冬の海カフェ・デ・エピスのただ一つの絵

診療台に待つも苦でなき歯科医院暮れゆくパティオに灯の点りたり

お待たせとひらりと座る若き医師みぞれ降る日を青き半袖

大寒の四国三郎群青の色きわまりて細波白し

大鍋に温められし黄キャップのペットボトルを両手に受くる

口答えすることなき子が人生は私のものだと真向かいて言う

ちちははを亡くしてこの世に責任というもの無くばふわふわとおり

トラス橋にブルーシートの掛けられて川の中ゆく心地に渡る

親柱にイサム・ノグチのモニュメント戦後復興希望のしるし

余所行きの服着て父に連れられし彼岸の縁日この橋越えて

埋まりゆくカレンダーなり如月も弥生も十七日は金曜

見おろす桜

苔の生う幹に芽吹きし四五輪が万の蕾に先がけて咲く

いつまでも茶色き並木でありたるがほんの二日で白く霞めり

膨らみに顔を近づけ見ていしを咲けば離れて眺める桜

坂道をからだ傾け登り来つ見おろす桜は裏側ばかり

満開の桜ひと枝ひき寄せて赤子にならべ写真撮るひと

微かなる風に流るる花びらに前足のせて休むアメンボ

鴨よりも遅れて口をひらく鯉うねる尾鰭も羽には勝てず

遠き日の子の振袖に描かれいし花と思えりこの八重桜

少しずつ方向音痴になりゆくかまた見たような町角にでる

半世紀逢わざるひとの出席の葉書をいくども見る春の宵

ゴーヤーの架

母ありし日には欠かさず通いたる病院前を迂回して過ぐ

一週間で色濃くなりし枇杷の実は思わぬ葉群の中より出でる

開くほど白さを増せるヤマボウシこの家に二度目の夏を迎えて

うたた寝に逢いたる父は夏の服腕より体温伝わりきたり

かぜみどり一番星にみやのはた美しき名をもちたる胡瓜

撓められ地に枝這わす無花果は青実を天に向けて差しだす

ローソンの牛乳瓶の看板の影に陽を避く見知らぬ人と

逆しまに餌を待つ蜘蛛をおさなごは後退りしつつ捕ってとせがむ

思いどおりにならないことを数えつつゴーヤーの架を最後まで取る

ひと掃除終えしルンバは両肩で息するように明滅をせり

梅雨どきに蒔きたる子規のヘチマ種黄ばな咲きつぎ白露となりぬ

臥す子規の窓を明るくしただろう糸瓜の花の黄いろ全し

雨かぜの音を遮るペアガラス蟋蟀の声をやすやす通す

薄いうすいひと刷毛の雲もう空は秋の支度を始めておりぬ

「宇〜良」と発す

呼出は扇子に文字のあるごとく視線落として「宇〜良」と発す

つやつやと背《せな》の光りて贔屓なる宇良関身軽く土俵に上がる

美しきこの四股を見よ　やわらかく足裏反りて大屋根を向く

黒烏帽子、垂直に袴きりきりきりと行司に太ったひとを見ざるも

わが宇良は低く飛び出し頭より松鳳山を突きいだしたり

跳ね太鼓テンデンバラバラ鳴り響きわれら見物客送り出す

かろやかな色

北向きの軒下の甕に飼う金魚たまには観てよと夫の呼びおり

門脇に飼いいしころは宅配の若きも覗いてくれたるものを

血球のごときをつけてトマト蔓太きが四方へ触手をのばす

かかりつけの歯科医の移転したるゆえ今年はエゴの花に会えざり

同級生が妻の年齢いうときの微かに笑みを含みたるこえ

居酒屋をいでし車を呼び止めるパトカーの声ていねい語なり

炎天の無人駅なり錆色の枕木の上をメヒシバ盛ん

マラソンはヘリのカメラに切り替わり走る速度の顕わになるも

照りつける広場に欅の影の濃し人らの歩みわずかに緩む

かろやかな色の日傘は亡き母か向こうの角で手を振っている

樫の葉がひとしきり風に騒立ちて斜めに雨の降りはじめたり

欅じゃない榎と教わり見あげおり夏の名残の空をバックに

鳩がほら、目の慣れてきて五羽七羽繁みの間《あい》に丸い肩して

鯖雲を説明するに予報士はなぜか鯖折の絵から入りたり

ＫＩＴＴＥビル

ＫＩＴＴＥビル朝の広場を流れゆく軍列のような靴音の群

無料なる申し訳なさ日本の技術の粋を極めしトイレ

高層のビルの底なる広場なり居心地悪しくベンチに休む

垂直の光の透明エレベーター新幹線といま交差せり

「お久しぶり」銀座ライオンにジョッキ上ぐ甥の饒舌なまりの出ずる

わが足に歩みを合わす青年と歩行者天国銀座ユニクロ

五丁目のバッグの店はＳＡＬＥなり外国人に挟まれ並ぶ

高き鼻たかき喉仏　生茶飲む高橋一生つり広告に

阿讃の裾

コスモスの彩る鳴門池田線ま直ぐは伊予へ左は土佐へ

霜月の泡立草はすずめいろ啄む雀をのせて撓めり

あめかぜに百万年を彫られたる土柱の襞は冬陽に濃ゆし

ふゆの陽に透けて楓は暖色のすべてを見せる阿讃の裾に

雪積みて広さ際立つ空地なり北のトイレの窓が明るい

あっ小熊、いや幼子だ耳つきの黒いフードが雪にころがる

内側を上にマスクの置かれいて娘の口紅うすくつきおり

人参のビニールハウスの骨を組む技というものの殊に端っこ

＊

ましろなるカリフラワーの花の鞠　友の畑にもう友の亡し

よたり子を慈しみたる友なりきいつも誰かの名前を呼んで

友の娘《こ》の肩を抱きやる幼日に膝にいだきし覚えある肩

膨らんでゆく月の闇　死と生はいずれひとつの円環のなか

一夜明けたら

あしたには手放す車に給油するセルフスタンド梅の花咲く

小波たつ吉野川の面わずかなる粘りのありや浅葱色なり

過疎の地に売れざるものは家、田畑、昭和の母の宝なりしを

耕して戦後を生きて来し家族無口な祖父の腕太かりき

外に出て田仕事の母を待ちし日よ昔の家は隅から暮れて

低く高く祖母の唱える心経に灯明の秀の伸び上がりたり

冬の日の祖父の胡座にふくふくと妹おりぬ仲の良かりし

無料でも借り手のつかぬ田畑なり一夜明けたらそうなっていた

太陽光発電パネルはいかがです奥の手なりと人は勧める

四国まるごと

川べりの草藤のはな色褪せて四国まるごと梅雨に入りたり

スギヒノキ凌いだあとにイネ科きてわがはつ夏の朝のクシャミ

腰痛の今日は和らぎそろそろとコード引き出し掃除機つかう

ルンバにもフロアワイパーにも取れざりし引戸の下の埃たちまち

掃除機の力にほほうと言うている間にじくりと腰痛みだす

陽の遅き枇杷の根方にだんだんとハナカタバミのひらく九時ごろ

これほどに羽搏かなければ寄れぬのかハナカタバミにくる紋白は

ひと雨でこんなに肥えたと持ちくれし胡瓜にびっしり若き種あり

朗読を習いたる子が静かなる声もて話す共通語なるを

いちじくの青実の葉腋に太りゆき一点の紅滲みいでたり

お隣のヘクソカヅラが槙垣をくだり来たりて小花さしだす

函館青柳町

啄木より奥さんのほうが偉かった熱込めて説く初老のドライバー

いくたびも節子が着物を運びしと今は茶房の入村質店

標識の立ちたる路地に降りたちぬ突当りまで緩き坂道

啄木が四月余住みしは左奥コウゾリナの黄むれ咲くあたり

二十二歳《にじゅうに》で妻子と母を養いし生計《くらし》を思うその手をおもう

死ぬときはここでと言いし啄木の青柳町は海のぞむまち

傾く枇杷

台風のゆくえの間《あい》に報じらる東京にでた天使の梯子

揉まれつつ傾く枇杷になす術もなくて窓からスマホに撮りぬ

もったいないことしましたねお隣のあるじも味を知る一人なり

ベッドより実の色づきを言いし母その声と背のまた遠くなる

忘られて水栽培のヒヤシンス闇に白き根うず巻きいたり

あとはもう玉葱刻むだけとなりコンタクトレンズの娘と替わる

学校の畑にアレチノギク闌くころころ変わる教育課程

遠山はまなこも心も解きほぐす車間距離あけ見晴らして行く

ハイウェーの電光板の人像《ひとがた》が右の手に振る誘導灯を

おばさんも若きもバッグの斜め掛けお遍路さんは襷がけなり

隙間なく並ぶ中古車どのドアを出入りするのか店のあるじは

この日ごろわが口角の下がりたりちらちらと見て夫近寄らず

一発で布団カバーを掛ける技はじめて知りてはじめて使う

金いろ銀いろ

空へ空へ螺旋を描いて登りゆく与島の上は空中道路

雲切れて光のカーテン降りてくる海の上島の上吊り橋の上に

夕の日は海に金いろ銀いろの襞を生みたり滑らかなひだ

ひとつ影曳きて汀を行くひとの二人となって駆けいだしたり

音立てて潮は引きゆく砂浜に到達点をくっきり残し

ちっちっと架橋に閃く人工の灯あり原始の夕焼けのなか

景色まわして

黄の傘の八分の二の透明に景色まわして子の帰りゆく

ひと脱ぎの嵩の多くてこれだから冬は嫌だと亡き母言いき

着信の写真をひらく歳取りて急に似て来し義弟《おとうと》と甥

日曜を「伏せ」の姿勢のままにいるパワーショベルに冬の陽のさす

ファミレスにお一人様の老いびとの昼を食みおりいずれも男

もう歌に熱を持てなくなりました静かに言うて人は辞めゆく

廃院の窓より出さるるマットレス幾人がここに生きて死にしや

屋上に右の手袋あらわれてクレーンを呼ぶ大いなる鍵を

平成終わる

元号におまえの「成」の字があると喜びし父　平成終わる

左から進み右足から退る侍従の靴音ひび交う儀式

天皇の左にいつも添うひとを名をもて呼びて親しみて来し

美しきローブ・モンタント皇族は歳かさねても姿勢よきなり

Ⅲ　紙上でお花見

葉脈の谷

京阪の台所なりと誇りたる吉野川沿い棄て畑の増ゆ

走りなる酸橘の高値に手の出せず植えし苗木に県の花咲く

葉桜の柔きに頬の触れながら空へと抜けるきだはしを行く

透視枠片手にスケッチする人に詫びて横切るわれの大声

青草に横座りするジャージー牛稜線のような背骨を見せて

車よりハンドル捌きの難しいレンタサイクル牛糞迫る

暑さ来るまえにと塀を洗う夫高圧噴射の霧の流れる

ヤマボウシ一花もつけず葉脈の谷を深めて老いてゆくなり

小刻みにハンドル叩き自転車の少年が待つ朝の信号

手鏡に拡大したるわが顔に少し濃く描く真夏日の眉

ＴＯＫＹＯ２０２０

２と０の数字が踊るＴＯＫＹＯは地上に地下に防音シート

地上へのエレベーターの行列はベビーカーなりこれほどに子が

巨大なるバルーンは競泳選手なり抜いた両手が夏空を掻く

リフティング選手の顔無しマネキンの大胸筋につと触れてみる

不案内と暑さに喘ぐ東京で無料のウチワを二本もらいぬ

高層のホテルの窓に見るあかり方形、円、線まれに点滅

まえうしろ同じ顔もつ新幹線うしろの暗き顔を曳きゆく

夜の更けて間遠になりゆく電車音いずれの線か耳は聞き分く

歌いつつ行く自転車

音軽く裁ち目かがりをステッチす娘《こ》と割り勘で買いたるミシン

十年まえ競って植えしオーシャンブルーあまりに咲きて早ばや飽きる

振りを付け歌いつつ行く自転車を車窓より見る今日の秋晴れ

瀬尾はせお妹尾はせのおという読みに決まっていると聞いて驚く

デイサービスと学習塾の同居ビル「受付随時」と貼り紙のあり

友が子を連れて来しより四十年このごろ子の子を伴いて来る

悪阻の背撫で合い賞与を見せあいし友なり夫より吾をよく知る

片羽根を引き摺るカラス道ばたの曼珠沙華咲く草むらに消ゆ

涙町と今も呼ばるる裏通りバケツに樒を売る店のあり

市役所の広場にはじまる菊花展市長選挙の告示の日なり

爪形のひとひら開き色の見ゆ栗金団のようなる蕾

当落に関係のなくわが里の〈麁服《あらたえ》〉粛粛宮中へ立つ

大筆に刷きたるような夕の雲暗む地平に尾灯の動く

河原から闇になりゆく吉野川ふときうねりの白く耀う

沖縄は

イブの日の那覇空港は夏日なりサンタクロースも半袖でよし

駅前のブーゲンビリアの花のした土地びと探して道を尋ねる

おもろまち儀保首里てだこ滑らかに街の上を行く都市モノレール

乗客が片方に寄れば傾くと高所ぎらいの夫の不安

守礼門歓会門に御辞儀して梁の露わな焼け跡を見る

在るはずのものが無い空くちぐちに無念を言いてスマホを向ける

前線に立たされ続けて沖縄は　暮らしの不平を言うて我らは

紙上でお花見

顎ふかくマスクをかけて配りゆく今日仕上がりし市の文芸誌

歯科内科葬儀屋さんもスポンサー　マスクひくひくお礼を述べる

一時間並び三十枚を得て都会の娘にマスク送りしと

いち早く満天星は芽を持てり色鉛筆の先ほどの赤

朝寝坊ゆえにまいにち仏壇に言い訳をしてお茶を供える

節節に丸くヤドリギ繁らせて残るちからに桜は咲けり

花かげに濃厚接触するふたり感染リスクのなけれど避ける

朝刊の「紙上でお花見」欄ひろげコロナの文字をひととき隠す

ドローンに写るわがまち盛りなる桜の嵩は家の一軒

麗しき令和と讃え一年に満たざるものを　桜も散りぬ

災いに改元したる古き代をふと思いたり寝につく前に

宣言下

家家の庭に車の鎮もりて宣言下なる春の日曜

塀ごしに木香薔薇のアーチ見ゆマスク外して顔近づける

買い物に出でし夫は二度戻る先ずエコバッグ次にはマスク

絶えまなく車の開閉音のする連休三日目隣のピザ屋

山あいの支所にもらいし手書き地図雲、山、花、蛇みな目口あり

たかだかと桐の花咲く一軒家茄子苗植える老人のあり

日食を見むとて広き空もとめ四国三郎河岸の道路

曇り日の雲の切れ間にあらわるる左の側の歪なる陽が

雲厚くなれば俯き足もとの捩花の色に目を休ませる

欠け率が今し五割の太陽の下を無口にウォークの人ら

アマビエの短冊

綿厚き嫁入り布団が括られて真夏の舗道に裏地を晒す

真っ黒な顎鬚の人と思いしはずり下ろしたるマスクであった

日に日にと更新される感染者数と気温を受け入れるのみ

はじめての阿波踊りなき阿波の夏　父母の御霊と籠りて過ごす

ひと気なき商店街にアマビエの短冊つけし提灯ゆれる

客が来にゃ生計《くらし》が立たぬという悲鳴まれに静かでよいという声

徳島が全国ニュースに躍り出るそごう閉店感染拡大

見切り品売り場のわれにマスク寄せ友が囁く首相の辞任

夕つかた感染者数を言う知事の藍染マスクの日ごと異なる

ヒトカラにヒルカラもあることを知る後者のほうが生むクラスター

あいさつは元気な声でと教えし日百人のくちが「はい」と言いたり

早く起きようやく出でし朝のみち角を曲がれば無花果かおる

帽子とりダチュラの花を覗きこむ透ける日ざしにつつましき蕊

入替戦に出できし宇良の大銀杏三年ぶりなり「おお、待ってたよ」

上下窓

従姉三人お国の誘いに乗りやすく早も出かけるＧｏＴｏ有馬

電子クーポン受け取るために確認す〈わたしはロボットではありません〉

温泉を好みし母と伯母しのぶ想うこころに温度差あれど

キッズダンスの動画が届く秋のよる折れそうなほど手足を振って

夜通しの雨を含みし柿の枝ボンネットまで実を垂らしたり

レストランの薄く開けたる上下窓いりくる風が右肩冷やす

読み進むページに出会う栞紐思いもかけぬ良き色あいの

夕の陽に透けて緋いろのミズキの葉掃除の夫は揺さぶり散らす

程よい距離

ブロック塀に張り付き道を空けくるる犬と一人に深く礼する

ぐさぐさと刈り込まれたる柊のむきだしの花濃き香を立つる

落ちるたび思いがけない軌跡かく団栗あるいはラグビーボール

石段に片足かけて待ちており紅葉を染める夕のひかりを

西風に幟のはためき止まぬ午後コスモス撓りて風を逃がせり

行く末を頼むはこの子のみなれどその少食にわが耐えうるや

氏神へ詣でる途に会う人と程よい距離に年賀を交わす

一年を過ぎても歌会を持てずおり雪催いなる阿讃山脈

寒の日をよくぞ耐えると見る薔薇に裸のイモムシ張りついており

おとといは吹雪いたと聞く山合いのろうばい園に金の日溜り

漸くに当たりしシャープ製マスク大きすぎると娘がくれる

気づかぬと素通りをして行く人に気づかぬ振りをしてあげるなり

コロナ禍を知らぬちちははもし在らば吾は守っていけるだろうか

知りびとの訪ね来たるに用心し招き入れざることを悔やめり

「時節柄親族のみ」の弔いの記事を見慣れて早も一年
チューリップの芽を数えあう夫との静かな暮らしを稀に愛しむ

Ⅳ　題詠

傾りよりふいにあらわれ岬馬目を合わさずに車道を過ぎる

岬

里むすめ、松茂美人、甘姫は阿波特産のサツマイモなり

甘

ポケットに裸で入れるが慣いにて夫の紙幣に四角《よすみ》のあらず

四

回

建て替えて回り階段になりし家だだだだだっという勢いを恋う

橋

高橋の赤い手帳の二十冊捨てがたくいて見ることのなし

会

古希記念同窓会にアドレスを交わした男ら愚痴を言いくる

刈

美容院ごっこに刈られつんつんのリカちゃん人形三体の出ず

山

里山に祖母の採り来し松茸の露置きたるが笊に並びき

豊

吾《あ》がついに持ち得ざるもの一つには鳥毛立女の豊かなる頬

紙または紙に関するもの

どこかしら違う気のして手の止まる千円札は夏目漱石

勝

パナマ帽投げてジュリーは唄いたり「勝手にしやがれ」胸の震えき

草

旅終えて草臥れし身の時くればおのずと立ちてエプロン掛ける

天

湯おもての大天井にゆらめけり少女ひとりの静かに出でて

葉

土佐沖に鯨を釣ったと唄いいいしペギー葉山は四谷の生れ

飲（呑）

亡き母の米寿記念の湯呑みもて朝いちばんの辛夏仁湯《しんげにんとう》

広げたる布に待ち針深く打ち一息ついて鋏を入れる

布

わたくしのバッグ手にして二分後に店を去りしと監視カメラは

去

若き日のわれは厭いぬバラ寿司に母の混ぜ込む金時豆を

時

音

おおかたは曇のち雨の夏まつり五九郎音頭の肩を濡らせり

選

てのひらを天秤皿に幾たびも選び直すは高値のキャベツ

成

母の字の二つの点はオッパイと成り立ち辞典にありてうふふふ

生

生産者シールに友の名の見ゆる苺の脇に売らるるマスク

節

GoToのクーポン券で求めたる土佐の生節ほろ苦く食む

安

阿波国《あわのくに》いでし氏族の拓きたる安房国《あわのくに》なり徳島が先

あとがき

短歌を始めて二十年になるのを機に、第二歌集を纏めようと思い立ってから一年余り、期限を迫られることのない編集作業はついつい先延ばしになり、このたびようやく辿り着くことができました。

ここには、第一歌集『声はかるがる』以降の約九年間の作品を自選し、概ね制作順に収めました。歌集名『かろやかな色』は「かろやかな色の日傘は亡き母か向こうの角で手を振っている」の一首から採りました。母は日傘を好み、クリーム色や薄紫など淡い色合いのものを愛用していました。日傘の母に幼い私と妹が寄り添っている写真は、忘れることのできない一枚です。

歌集の最後のⅣ章に題詠を掲載しました。主に「塔」誌上の「題詠四季」に応募した作品や、「塔・四国歌会」で発表したものなどです。時代背景をしのぶ思い出の一つとして収めることにしました。

今、読み返してみて、前歌集以降さほどの向上がないことを自省しております。勉強家でも努力家でもない私に、今後の上達は望むべくもありませんが、短歌が好きで、常に楽しみながら作歌をしてきましたので、これからもそのような気持ちで続けていきたいと思っています。

出版にあたりまして、吉川宏志主宰より帯文を頂戴いたしました。この上ない幸せと深く感謝を申し上げます。

また、「塔短歌会」の選者の方々や多くの会員の皆様方、「徳島歌人」佐藤恵子主宰をはじめとする会員の皆様方には、日頃よりご指導やお励ましを頂いております。この場を借りて厚くお礼を申し上げます。

青磁社の永田淳様、装幀をお引き受けくださった濱崎実幸様にはたいへんお世話になり、誠にありがとうございました。

二〇二二年　初夏

橋本　成子

著者略歴

橋本 成子（はしもと せいこ）

徳島県吉野川市生まれ

2001 年　短歌を始める
　　　　「塔短歌会」へ入会
2007 年　「徳島歌人」へ入会
2013 年　第一歌集『声はかるがる』刊行
2014 年　日本歌人クラブ四国ブロック優良歌集賞受賞

歌集　かろやかな色

塔21世紀叢書第410篇

初版発行日　二〇二二年八月二十日
著　者　橋本成子
　　　　徳島県吉野川市鴨島町鴨島三二九―一六（〒七七六―〇〇一〇）
定　価　二五〇〇円
発行者　永田　淳
発行所　青磁社
　　　　京都市北区上賀茂豊田町四〇―一（〒六〇三―八〇四五）
　　　　電話　〇七五―七〇五―二八三八
　　　　振替　〇〇九四〇―二―一二四二二四
　　　　https://seijisya.com
装　幀　濱崎実幸
印刷・製本　創栄図書印刷

ISBN978-4-86198-541-6 C0092 ¥2500E